내일의 나를 응원합니다

내일의
나를
응원합니다

넘어질 때마다 곱씹는 용기의 말

리사 콩던 지음 ㅣ 이지민 옮김

소중한 친구 제니퍼 휴잇에게 감사를 전하며

서로 아끼고 신뢰하는 따뜻한 우정이 모두에게 깃들기를

내일의 나를 응원합니다

초판 1쇄 발행 2021년 9월 1일
초판 3쇄 발행 2024년 1월 30일

지은이 리사 콩던
옮긴이 이지민
발행 콤마
주소 경기도 고양시 덕양구 청초로 65, 101-2702
등록 2013년 11월 7일 제396-251002013000206호
구입 문의 02-6956-0931
인스타그램 @comma_and_style

ISBN 979-11-88253-24-1 03840

잘못 만들어진 책은 구입하신 곳에서 바꾸어 드립니다.

서문

—

독자 여러분께

저는 이 책에 살면서 터득한 가장 중요한 것들을
담았습니다. 책을 읽는 모두가 저마다의 꿈을 가
지고 타인과 교감하며 호기심 충만한 하루를 살
아가기 바랍니다.

리사 콩던

우리 함께 앞으로 나아가요.

KNOW THYSELF

있는 그대로의 나와 마주하세요

—

자신의 진짜 모습을 파악하기란 쉬운 일이 아닙니다. 형편없을지도 모르는 내 모습을 마주하는 건 고통스러운 일이지요. 하지만 나의 진짜 모습을 알고 나면 근사한 해방감이 찾아오기도 합니다. 지금 내 모습에서 어떤 부분을 바꾸고 싶은지, 어떻게 하면 조금 더 나은 사람이 될 수 있는지 모르는 상태에서는 앞으로 나아갈 수 없어요. 이것이 진짜 나를 알아가려는 노력이 필요한 이유입니다. 다른 이들이 전하는 피드백에 귀를 활짝 여세요. 그리고 나만의 내밀하고 복잡한 이야기를 있는 그대로 받아들이세요. 지난날 내가 저지른 실수는 이제 그만 놓아주세요. 그래야 우리는 더 나은 친구이자 파트너, 한 명의 인간으로 성장할 수 있답니다.

PEOPLE WHO MAKE YOU CHASE THEM AND LEAVE YOU FEELING UNCERTAIN ARE NOT YOUR PEOPLE. EMILY McDOWELL

나를 조급하고 불안하게 만드는 사람은 곁에 두지 마세요.   - 에밀리 맥도웰

앞을 바라보고 마음을 활짝 열어요.

YOU MUST LIVE IN
THE PRESENT, LAUNC
YOURSELF ON EVER
WAVE. FIND YOUR
ETERNITY IN EACH
MOMENT. FOOLS S
OPPORTUNITIES AND L
LAND. THERE IS NO O
OTHER LIFE BUT THI

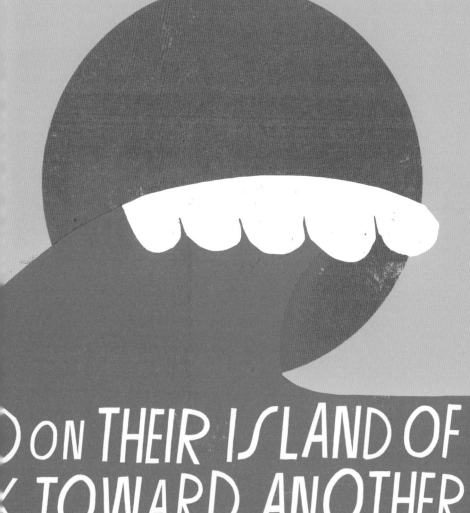

ON THEIR ISLAND OF
TOWARD ANOTHER
LAND. THERE IS NO

HENRY DAVID THOREAU

현재를 살아요. 몰아치는 파도에 몸을 맡기고 매 순간을 영원처럼 사세요. 기회의 땅을 밟고 서서 또 다른 곳을 바라보는 건 바보들이나 하는 짓입니다. 또 다른 땅은 없습니다. 지금 여기의 삶 말고 다른 삶은 없습니다.
- 헨리 데이비드 소로

누구나 실수를 딛고 성장합니다

—

이렇게 생각해 보면 어떨까요? 살면서 실수를 저지를 때마다 한 뼘 더 성장하는 거라고요. 실수는 우리가 얼마나 형편없는 사람인지 말해 주는 기록이 아닙니다. 실수는 더 나은 사람이 되도록 이끌어 주는 나침반입니다. 우리 모두 어느 정도는 이 사실을 알고 있어요. 하지만 실수를 저지른 자신을 책망하거나 실수를 부정하며 자기방어에 몰두하다 보면 나도 모르게 이 사실을 잊어버립니다. 실수를 저지를 때 느끼는 감정은 일종의 선물입니다. 실수를 통해 나의 한계를 다시 세우고 명확한 의사소통 방법을 배우며 온화하고 따스하며 의연한 사람으로 거듭나기 때문이지요. 사람은 누구나 실수를 저지릅니다. 예외는 없습니다. 실수를 선물로 여길 때 우리는 자신뿐만 아니라 타인도 흔쾌히 용서할 줄 알게 됩니다. 자기혐오나 부정에 갇혀 있는 대신 나를 용서하고 그 경험을 발판 삼아 한 걸음 더 성장하겠다고 다짐할 때 우리는 같은 실수에서 벗어날 수 있어요. 실수는 선물입니다. 이 선물을 현명하게 이용해 보세요.

당신 탓이 아닙니다

—

우리는 완벽하지 않습니다. 모두가 삐걱대고 때로는 잘못을 저지르기도 합니다. 사람으로 사는 건 힘든 일입니다. 다들 벗어나고 싶은 상처 하나쯤은 안고 살아가지요. 과거에 어떤 잘못을 저질렀든, 다른 사람에게 어떤 비난의 말을 들었든, 타인과 소통하고 사랑을 주고받으며 사회의 일원이 될 자격을 박탈당할 만큼 큰 잘못은 아닐 거예요. 이 사실을 받아들일 때 비로소 자신을 사랑할 수 있으며 상처받은 마음을 치유할 수 있습니다.

WHEN YOU CAN
FIND SOMEON
TO FOLLOW, YO
HAVE TO FIND
WAY TO LEAD B.
EXAMPLE. *
ROXANE GA

따를 만한 사람을 찾지 못했다면 스스로 길을
만들고 인도해 나가면 됩니다. - 록산 게이

안 좋은 일도 기꺼이 껴안으세요

—

힘들고 고된 상황을 기꺼이 받아들일 때 변화가 찾아옵니다. 내면에서 벌이는 고독한 사투는 나를 새로운 지평으로 이끌어 줍니다. 새로운 땅에 발을 디디는 순간, 우리는 고통을 이겨내고 새로운 앎에 도달할 수 있습니다. 나에게 닥친 안 좋은 일을 받아들이기 위해서는 판단의 잣대를 들이대기보다는 호기심 어린 태도로 다가가야 합니다. 내가 처한 상황에 분노하기보다는 배우려는 자세로 임해야 합니다. 심각한 표정을 풀고 유머 한 방울을 떨어뜨려 보세요. 훗날 고통의 소용돌이에 빠졌던 경험에 감사하게 될지도 몰라요. 그 경험을 통해 소중한 가르침이나 희망적인 결과를 얻었기 때문이지요.

NOTES TO SELF

1. YOU CANNOT & WILL NOT PLEASE EVERYONE. THAT IS A FACT OF LIFE.

2. BY TAKING CARE OF YOUR OWN NEEDS, YOU WILL SOMETIMES DISAPPOINT OR EVEN ANGER OTHER PEOPLE.

3. HOW OTHER PEOPLE REACT TO YOUR CHOICES IS NOT YOUR RESPONSIBILITY.

4. THE GREATEST RESPONSIBILITY YOU HAVE IS TO YOUR OWN WELL-BEING & HAPPINESS.

나에게 보내는 짧은 편지

—

1. 나는 모든 사람을 만족시킬 수 없으며 그러지도 않을 것이다.
2. 나는 내 욕구를 충족시키는 과정에서 다른 사람을 실망시키거나 심지어 화나게 만들지도 모른다.
3. 나의 선택에 다른 사람이 어떠한 반응을 보이든 그건 내 책임이 아니다.
4. 나에게 지워진 가장 큰 책임은 나 자신의 건강과 행복이다.

이 네 가지 항목은 어린 시절 우리가 교육받은 내용과 정반대에 가깝습니다. 대부분 다른 사람의 욕구가 나의 욕구보다 중요하며 언제나 다른 이들을 기쁘게 하고 그들의 문제를 해결하기 위해 애써야 한다고 배웠을 거예요. 그래서 그렇게 하지 못할 때면 내가 뭔가 잘못하고 있다는 생각에 사로잡히곤 합니다. 이는 때로 악순환의 고리가 되기도 하지요. 다른 이들을 기쁘게 하거나 그들의 문제를 해결하는 일이 늘 가능한 것은 아니기 때문입니다. 이 사실을 받아들여야만 우리는 더 나은 친구이자 파트너, 부모, 상사, 고객, 직원이 될 수 있습니다. 나의 욕망을 직시하고 소중히 여길 때 우리는 분노하는 마음이나 스트레스에서 벗어나 지금 이 순간에 머무르며 자신과 다른 이들에게 충실한 삶을 살 수 있습니다. 사랑과 존중, 친절 같은 가치는 이 모든 과정을 건너는 데 큰 도움이 됩니다.

TOGETHER

함께해요.

마음껏 보여 주세요. 심호흡을 한 번 한 뒤 할 수 있는 만큼 끝까지 해 보는 거예요.
친절한 사람이 되세요. 배움의 세계를 향해 뚜벅뚜벅 걸어 나가요.

사랑, 일체감, 교감

—

사랑과 일체감, 교감. 이 세 가지는 우리가 진정으로 충만한 삶을 누리기 위해 필요한 기본 요소입니다. 우리 모두는 사랑받고 일체감을 느끼며 교감을 나눌 자격이 있습니다. 자신이 잘못을 너무 많이 저질렀다고 생각하는 사람이나 과거를 수치스럽게 여기는 사람도 예외가 아니지요. 우리가 끔찍이 싫어하는 사람도, 나를 괴롭히는 사람도 마찬가지입니다. 타인에게 더 많은 사랑을 베풀고 소속감을 느끼도록 도와주며 타인과 더 많은 인연을 맺을수록 우리 역시 이 세 가지 요소를 더욱 풍족하게 누릴 수 있다는 걸 잊지 마세요.

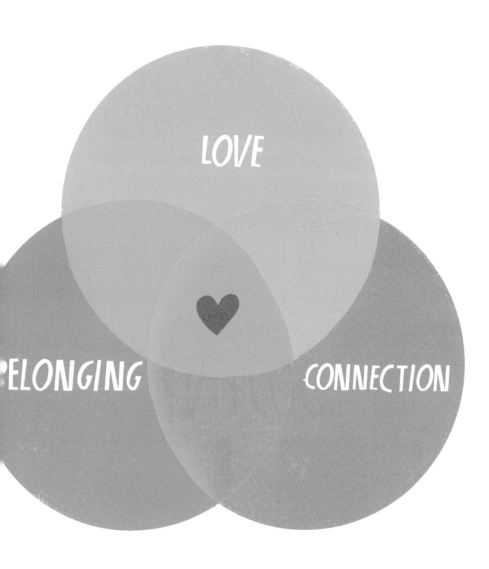

힘을 빼세요

—

혼자만의 생각에 빠져 있나요? 이런저런 일에 집착하게 되나요? 일상적이고 사소한 일 하나하나까지 제어하려고 남몰래 힘겨운 싸움을 계속하고 있지는 않나요? 매사에 너무 진지한 나머지 강박적인 생각에 사로잡혀 있다가 나중에야 그런 걱정이 에너지 낭비였음을 깨달았던 적은 없나요? 만약 지금 그런 상태라면 힘을 빼야 한다고 자신에게 계속해서 말해 주세요. 모든 일에 정색하며 덤벼들 필요는 없다고 속삭이는 단순한 습관만으로도 우리 삶에는 한결 여유가 찾아온답니다.

LIFE IS A SERI

AND SPO

CHANGES. DON

THAT ONLY CREATES SORRO

LET THINGS

FORWARD I

삶이란 자연스럽고 자발적인 변화의 연속입니다. 그러니 저항하지 말아요. 저항은 슬픔만 안겨 줄 뿐입니다

F NATURAL

EANEOUS

ESIST THEM;

REALITY BE REALITY.

W NATURALLY

HATEVER WAY

HEY LIKE.

LAO TZU

는 그대로 받아들이세요. 모든 것이 자연스럽게 흘러가도록 내버려 두세요. - 노자

모른다고 말해도 괜찮아요

—

누군가와 대화를 나누거나 인터뷰를 할 때, 데이트를 할 때, 혹은 저녁 식사 자리에서 가족들과 논쟁을 벌일 때, 어물쩍 넘어가고 싶었던 적은 없나요? 알아야 할 것 같은 내용을 몰라서 부끄러웠던 적은요? 무언가를 모른다고 해서 수치심을 느낄 필요는 없습니다. 특정 사안에 대해 모를 수도 있어요. 나의 삶이 나아가고 있는 방향을 정확하게 모를 수도 있고, 어떤 이슈에 대한 입장을 아직 정리하지 못했을 수도 있습니다. 혹시 그 사실을 알고 있나요? 답을 모른다거나 전혀 들어본 적이 없다는 사실을 인정할 때 굉장한 자유를 맛볼 수 있답니다. 물론 쉽지는 않습니다. 하지만 한번 시도해 보세요. 나의 무지를 감추는 대신 상대에게 솔직히 터놓는 순간, 진짜 자기 모습에 한 뼘 더 다가갈 수 있습니다.

경쟁보다는 화합을 향해 나아가요

—

우리는 누릴 수 있는 자원이 한정되어 있다고 배웠습니다. 상대가 무언가를 취하면 나는 그것을 가질 수 없다고 말이지요. 이 논리에 따르면 다른 이들과 늘 경쟁해야 합니다. 한정된 자원을 두고 쟁탈전을 벌여야 하는 거지요. 하지만 우리가 어떤 기술이나 재능, 기회, 성공을 얻는다고 다른 이들이 그와 비슷한 것을 얻지 못하는 것은 아닙니다. 우리 모두에게는 서로 다른 형태의 충분한 기회가 있습니다. 이 사실을 알고 나면 서로를 마음껏 지지할 수 있게 됩니다. 질투에 사로잡혀 험담하는 대신 그들의 성공을 축하하고 그들이 건너는 삶의 중요한 마디마다 진심 어린 응원을 할 수 있습니다. 든든하고 따스하며 서로를 보듬는 커뮤니티를 만들 수 있게 됩니다.

내가 저지른 실수를 나와 동일시하지 마세요

—

성장하려면 자신이 저지른 실수에 책임을 지고 이 실수에서 교훈을 얻어야 합니다. 하지만 얼마나 큰 실수를 저질렀든, 그 실수 자체가 내가 될 수는 없습니다. 과거에 내가 갖고 있던 습관이 내가 될 수 없고, 나의 실패가 내가 될 수는 없으며, 수치스럽고 창피한 순간들이 모여 내가 되는 것은 아닙니다. 우리는 우주가, 전 인류가 낳은 아이입니다. 우리에게는 사랑받고 소속감을 느끼며 행복하고 만족을 느낄 자격이 있습니다. 반짝이는 별이 될 자격이 있습니다.

성공이란 그 사람이 현재 어떤 자리에 있는지가 아니라 그 자리에 오르기 위해
그가 어떤 장애물을 극복했는가로 판단해야 합니다.   - 부커 T. 워싱턴

SUCCESS IS TO BE MEASURED NOT SO MUCH BY THE POSITION THAT ONE HAS REACHED LIFE AS BY THE OBSTACLES WHICH HE HAS OVERCOME WHILE TRYING TO SUCCEED.

BOOKER T. WASHINGTON

경험을 자랑스럽게 여겨요

—

살다 보면 내 모습이 영 못마땅하게 느껴질 때가 있습니다. 인생이 너무 따분하거나 시시하고, 너무 많은 실수로 점철되어 있어 수치스러우며, 성공하거나 행복할 자격이 없는 것처럼 생각되곤 합니다. 그런 생각에 사로잡힐 때면 자신에게 다른 말을 건네 보세요. 나를 스쳐간 그 모든 경험 덕분에 나는 현명하고 다정하며 분별력 있고 사려 깊은 사람이 되었다고 말해 보는 거예요. 내 경험을 자랑스럽고 소중하게 여기는 일은 우리가 할 수 있는 가장 중요한 일이랍니다.

모두가 해방되어야 진정한 해방이 찾아옵니다

—

인종차별, 성차별, 동성애 혐오, 성전환자 혐오, 총기 사건, 빈곤, 불평등, 증오, 소외, 괴롭힘을 비롯해 서로에게 상처를 입히는 온갖 형태의 억압으로부터 자유로운 세상을 만들기 위해 모두가 노력해야 합니다. 만약 우리가 누리고 있는 특권이 있다면 약자를 대상으로 하는 무자비한 폭력이나 차별에 맞서 싸우고 사회 정의를 실현하는 데 그 특권을 이용해야 합니다. 모두의 목소리가 중요합니다. 모두의 자산도 중요하지요. 우리의 한 표 한 표가 소중합니다. 그 권리를 포기하지 마세요.

약자의 편에 서세요.

우리의 미래는 우리 자신에게 달려 있습니다.

현 상태에 안주하지 마세요

—

민주주의가 지향하는 것들을 실현시키려면 우리 모두가 모두의 권리를 지키기 위해 투쟁해야 합니다. 대화에 참여하고, 국회의원에게 자금을 대도록 촉구하는 등 보탬이 될 수 있는 방법은 많습니다. 변화를 가져오기 위한 방법을 찾으세요. 나에게 직접적인 영향을 미치는 사안이 아닐지라도 능동적으로 나서야 합니다!

COMPLA-CENCy

• • • IS A • • •

PRIVILEGE.

THE GOLDE
BE FRIEND
WORLD AN
THE WHOL

AY IS TO

ITH THE

O REGARD

UMAN

MILY AS

NE.

MAHATMA GANDHI

우리가 살 길은 세상과 친구가 되고 전 인류가 한 가족이 되는 것입니다.   - 마하트마 간디

빨리 가고 싶거든 혼자 가고 멀리 가고 싶거든 함께 가세요. - 아프리카 속담

STAY CURIOUS

호기심을 잃지 마세요.

지금 내가 있는 곳이 바로 내가 있어야 할 곳입니다

—

힘겨운 상황에 놓여 있다면 이 말을 주문처럼 외워 보세요. 놀라운 효과를 경험하게 될 것입니다. "삶이 항상 내가 원하는 대로 되지는 않아. 그래도 내가 있어야 할 곳은 바로 여기야."라고 말이에요. 그 순간 우리는 살면서 일어나는 모든 일이 반드시 일어나야 하며, 어떤 식으로든 교훈을 주거나 우리를 겸손하게 만들어 준다는 사실을 깨닫게 됩니다. 혼란스럽고 두렵고 실망스러운 일조차도 말이에요. 지금 내가 있는 곳이 바로 내가 있어야 할 곳이라는 사실을 받아들일 때 우리 모두가 저마다 다른 길을 가고 있다는 걸 직시하게 됩니다. 너는 너의 길을, 나는 나의 길을 갈 뿐이지요. 우리는 스스로 결정할 수 있게 됩니다. 열린 마음으로 이 세상을 품어야 하며, 실수하고 버벅대고 넘어지는 자신이라도 애정과 유머로 용인해야 한다는 것을 말입니다. 자신에게 모든 경험을 허락하세요. 끔찍한 경험마저도 그것을 딛고 일어섰을 때는 성숙한 인간으로 다시 태어나게 됩니다.

WE ARE WHAT WE THINK. ALL THAT WE ARE ARISES WITH OUR THOUGHTS. WITH OUR THOUGHTS WE MAKE THE WORLD.

BUDDHA

생각하는 대로 됩니다. 우리는 자신의 생각 속에서 자랍니다.
우리 자신의 생각으로 이 세상을 만듭니다.   - 부처

쉼을 허락하세요

—

우리 문화는 빠른 것을 좋아합니다. 그래서 서두르는 걸 원래 꺼려하는 사람은 자신에게 문제가 있다고 생각하게 됩니다. 사회는 빠르게 무언가를 달성하는 이들에게 영예와 권위를 안겨 줍니다. 여러분은 민첩하게 일을 처리하는 사람인가요? 일중독자로 바쁘고 생산적인 삶에 목매고 있나요? 하지만 계속 그런 방식으로 살 수는 없습니다. 생산성 하나만을 보며 달려가는 인생은 우리를 비참하게 만듭니다. 생산성을 중시하는 직업관 속에서 우리는 결국 병이 들고 만성우울증에 시달리게 됩니다. 규칙적으로 휴식을 취하고 내가 할 일의 가짓수를 줄이며 바쁜 상태를 당당히 거부할 때 정신은 더욱 명료해지고 몸은 긴장과 스트레스에서 벗어나게 됩니다. 물론 휴식을 위해 그 일은 할 수 없다고 말할 경우 다른 이들을 실망시킬 수 있습니다. 스스로 불편한 기분이 들 수도 있어요. 하지만 쉼은 그럴 만한 가치가 있습니다. 잠깐의 휴식과 느림은 괜찮은 선택일 뿐만 아니라 자신의 행복과 건강을 지키기 위해 반드시 필요한 일이기도 합니다.

ERMISSION
O TAKE AN
NTERMISSION

STR

YOUR

ETCH

SELF

기지개를 켜요.

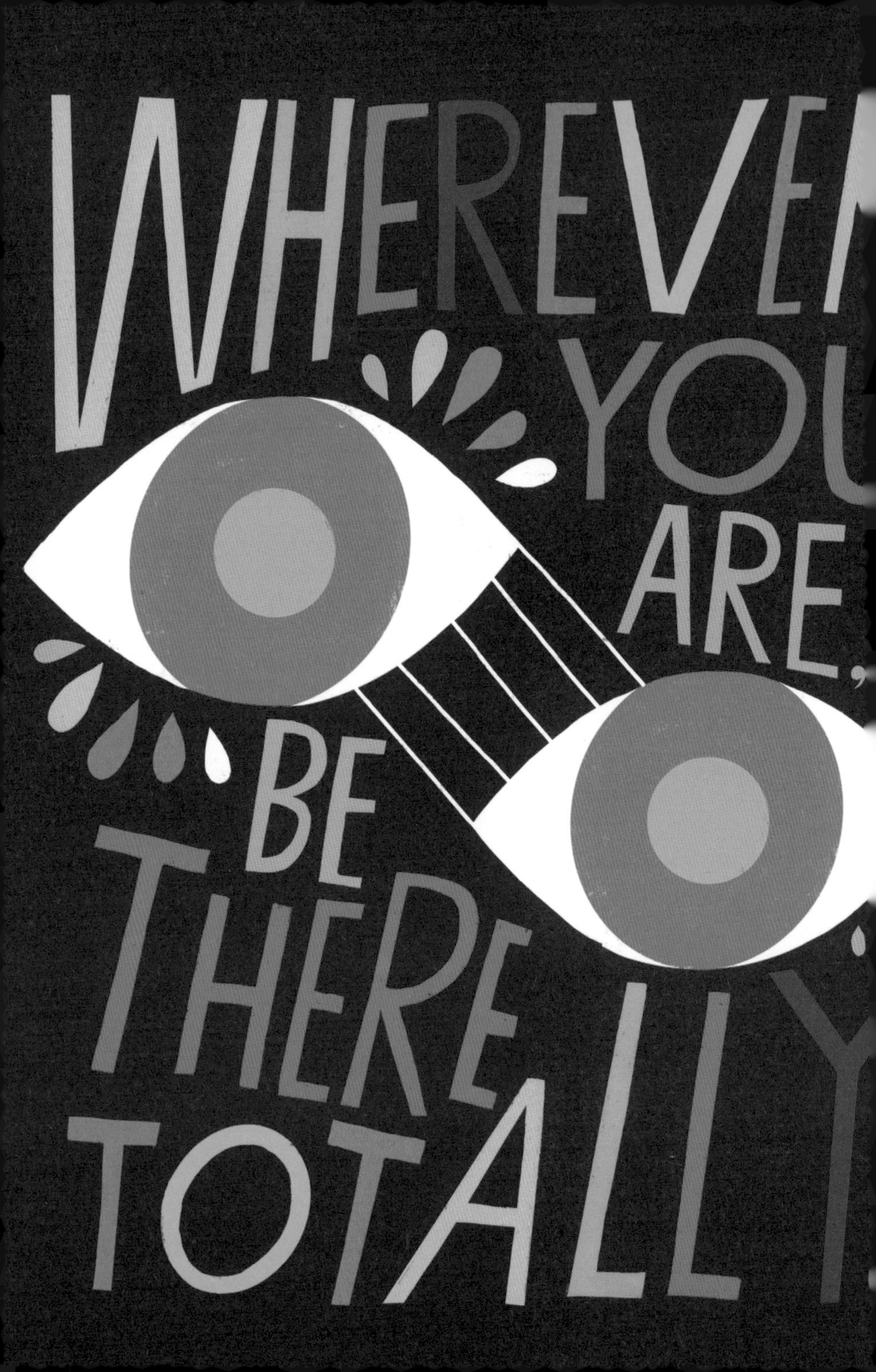
WHEREVER
YOU
ARE,
BE
THERE
TOTALLY

그 순간에 충실하세요

—

정신없이 돌아가는 일상과 바쁜 일정 속에서 우리는 늘 불안과 초조, 스트레스, 불화를 달고 삽니다. 살아가려면 이러한 감정들이 반드시 필요한 것처럼 말이지요. 하지만 과거를 되새김질하거나 미래만 바라보며 버티는 삶은 우리를 기진맥진하게 만들고 자신감을 앗아가기도 합니다. 나에게 무슨 일이 닥칠지, 상대에게 어떤 피드백을 받을지 모르는 상태나 외롭고 소외됐다는 느낌은 우리를 불안하고 불편하게 만듭니다. 우리는 이런 불편한 감정을 피해 다른 곳으로 주의를 돌리려고 많은 노력을 합니다. 불안이나 혼란스러움에서 벗어나는 방법 중 하나는 의식적으로 '현재'에 머무는 것입니다. 지금 일어나는 일이나 내 감정을 회피하는 대신 이를 오롯이 받아들일 때 비로소 편안하고 차분한 상태에 도달할 수 있습니다. 사색은 의식적으로 이러한 상태를 찾아가는 데 도움이 됩니다. 현재에 머무는 연습을 계속하다 보면 지금 이 순간에 충실한 하루를 보낼 수 있습니다. 골치 아픈 생각이나 걱정거리로 신경이 날카로워질 때면 하루 중 언제라도 현재에 머무는 연습을 해 보세요.

LOVE TH

AND THE

OF THAT

WILL SPREA

ALL BOUN

MOMENT.
ENERGY
MOMENT
BEYOND
RIES.

CORITA KENT

순간을 사랑하세요. 그러면 그 순간의 에너지가 모든 경계 너머로 퍼져 나가게 됩니다.   - 코리타 켄트

솔직하게 이야기해요

—

고통스럽고 힘들었던 경험을 이야기한 뒤 상대에게서 "솔직하게 말해 줘서 고마워요."라는 말을 들어본 적이 있나요? 솔직한 이야기에는 힘이 있습니다. 우리가 진정한 교감을 나누는 순간은 행복이 넘치는 편안한 이야기를 주고받을 때가 아닙니다. 우리를 연결시키는 건 고통스럽고 수치스러우며 부끄러운 이야기이지요. 말하기 꺼려지는 부분을 타인에게 솔직히 꺼내 놓기란 쉬운 일이 아닙니다. 하지만 그만한 보람이 있는 일입니다. 속내를 털어놓는 순간 상대와 나의 관계는 새로운 단계, 한층 성숙한 단계에 진입하게 되기 때문입니다.

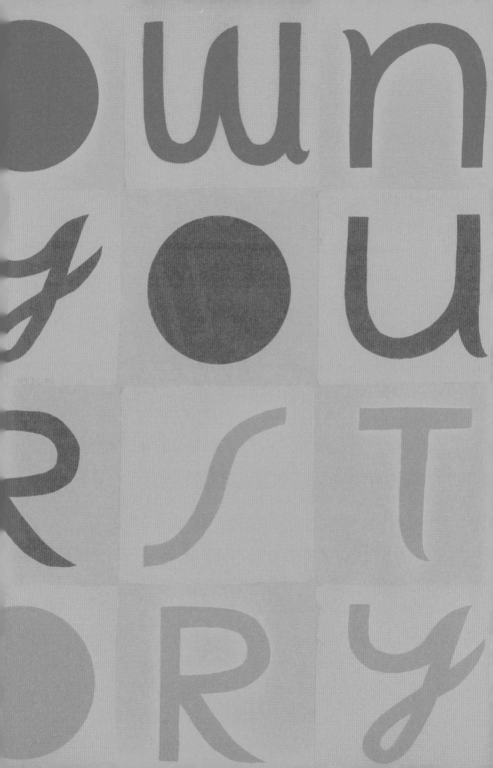

무엇이든 연습하면 잘하게 됩니다. 이는 단순하고 보편적인 삶의 법칙입니다. - 엘리자베스 길버트

그냥 한번 해 보세요

—

혹시 습관적으로 "잘 될 리가 없어", "아마 할 수 없을 거야", "그건 절대로 성공할 수가 없어"라고 말하고 있지는 않나요? 이제 그런 말을 거두고 긍정적인 결과를 상상해 보세요. 물론 실패할 수도 있습니다. 어떤 일이든 늘 완벽한 결과를 가져올 수는 없지요. 하지만 생각보다 일이 잘 풀릴 수도 있어요. 완벽한 순간이나 상황을 기다리며 하염없이 앉아만 있다면 영원히 기다려야 할지도 모릅니다. 위험을 감수하고 시도해 보지 않는다면 누구에게든 큰 도약은 찾아오지 않습니다.

YOUR ACTIONS MATTER.

행동하는 것이 중요합니다.

CONSIDER EVERYTHING AN EXPERIMENT

모든 걸을 실험이라 생각하세요.

일단 시작해 보세요

—

우리 머릿속에는 온갖 아이디어가 들끓고 있습니다. 하지만 이 아이디어를 실천에 옮기기 위해서는 까다로운 절차를 거쳐야 하지요. 그걸 알기 때문에 두려움이 생기고 망설이게 됩니다. 딱 맞는 순간이 찾아올 때까지 기다리는 거죠. 완벽하게 준비되기 전에 시작했을 경우 내가 부족하다는 사실을 깨닫게 될까 봐 두려운 것이지요. 누구나 실패를 감수하기보다 편안한 상태에 머물고 싶어 합니다. 무언가를 시작하기 전에 꼭 필요한 재능과 적절한 재료, 충분한 지식, 완벽한 공간을 갖추길 꿈꿉니다. 실수할 확률을 최소화하기 위해서. 그래서 계속 기다립니다. 다시 말해 아무것도 시도하지 않는 겁니다. '사전 조사'를 할 뿐 행동에 나서지 않습니다. 문제는 무언가를 시작할 완벽한 시기란 없다는 겁니다. 삶은 늘 문제투성이라 아무리 평탄한 삶을 구축하려고 애쓰더라도 완벽한 준비란 있을 수 없습니다. 훌륭한 도구와 기본적인 기술, 단단한 루틴을 마련하는 것은 굉장한 일입니다. 하지만 그렇다고 해서 실패나 난관을 피해갈 수는 없습니다. 그리고 피하려고 안간힘을 쓰는 노력조차 삶에서 반드시 필요한 부분입니다. 힘들고 불편한 것들은 새로운 앎의 기회를 주고 투지를 길러 줍니다. 기적은 바로 이런 혼란의 소용돌이 속에서 일어납니다. 숨을 깊이 들이마신 뒤 용기를 내어 일단 시작해 보세요.

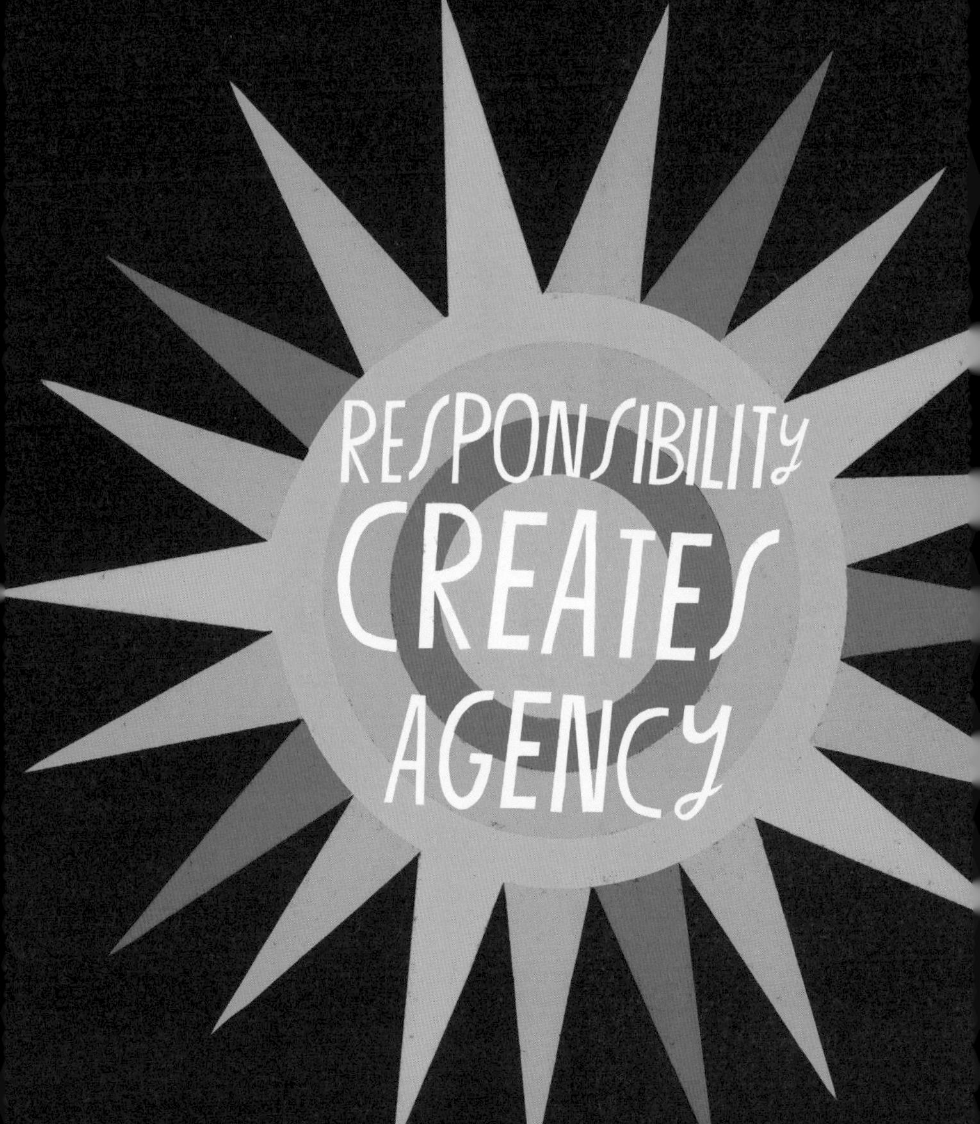
RESPONSIBILITY
CREATES
AGENCY

책임을 지면 삶을 주도할 힘이 생깁니다

—

때로는 내가 원하는 대로 일이 진행되지 않을 때가 있습니다. 그러면 우리는 다른 사람의 불공평한 처사나 변덕, 묵인 때문에 내가 희생양이 되었다고 생각하게 됩니다. 나쁜 상황의 희생자, 불운의 희생자, 사랑받지 못하고 보잘것없는 사람 취급을 받으며 눈에 띄지 않게 되어 버린 가엾은 희생자라고 말이에요. 자신을 희생자로 규정하는 것은 관계나 일이 뜻대로 진행되지 않을 때 책임을 회피하는 방법일 뿐입니다. 그렇다면 반대로 자신의 선택이나 행동에 책임을 지겠다고 결심하면 어떻게 될까요? 그렇게 다짐하는 순간 삶을 다르게 이끌어갈 힘을 얻게 됩니다. 자신을 보잘것없는 사람이자 피해자로 정의하고 가슴앓이를 하는 건 참으로 안타까운 일입니다. "너 때문에 희생하고 있어."에서 살짝 생각을 바꿔 "이 상황에 책임을 지겠어."라고 말해 보세요. 사고의 전환이 이루어질 때 우리는 목적 있는 삶, 안온한 삶을 누릴 수 있습니다. 책임을 지겠다는 선택은 더 나은 삶을 위해 반드시 필요합니다.

YOU BE YOU.

I'll BE ME.

당신은 당신이고, 나는 나입니다.

IT DOES NOT MATTER HOW SLOWLY YOU GO SO LONG AS YOU DO NOT STOP.

CONFUCIUS

포기하지 않는다면 천천히 가도 괜찮습니다. - 공자

기적을 일으키세요

—

누구든 노력하면 기적을 일으킬 수 있습니다. 기적은 우연이라는 사람들의 믿음과 달리 기적을 일으키려면 훈련이 필요합니다. 지금보다 뛰어난 예술가나 음악가, 작가, 학생이 되려면 있는 힘껏 노력해야 합니다. 세상을 놀라게 할 아이디어도 그 아이디어의 주인공이 실행하지 않았기 때문에 빛을 보지 못한 경우가 많습니다. 자신이 품고 있는 생각이나 꿈을 행동에 옮길 때 우리의 노력은 기적이 될 수 있습니다. 삶의 풍경이 바뀌고 현실에 변화가 찾아오며 새로운 대화가 탄생하고 사고방식이 전환되는 기적의 순간 말이에요. 위로와 소통이 절실한 이들에게 위로가 건네지고 새로운 인연이 싹트는 기적도 일어날 수 있습니다. 가만히 앉아서 기다리지 말고, 기적을 일으키세요.

O SMALL.

NIVERSE IN

OTION.

RUMI

큰 사람이 되세요.
우리는 기쁨에 겨워 움직이는
우주입니다.   - 루미

CREATIVITY IS POWER! USE IT FOR GOOD.

창의력은 힘입니다!
그 힘을 좋은 일에 사용하세요

—

우리 모두는 창의적입니다. 여러분도 예외가 아니지요! 우리가 지닌 창의력에는 힘이 있습니다. 내 아이디어와 내가 혁신하는 방식, 내가 생각하는 방법에 말이에요. 창의력은 매개체이자 그 자체로 커다란 에너지입니다. 창의력은 세상을 더 나은 곳으로 바꿀 수 있습니다. 그 에너지를 좋은 일에 사용하세요.

우리는 혼자가 아니에요

—

우리가 무슨 일을 겪든, 다른 사람들 역시 비슷한 일을 겪고 있습니다. 우리가 어떤 난관에 부딪힐 때면, 그들 역시 지금 이 순간 저마다의 문제에 봉착해 있을 겁니다. 우리가 갈팡질팡하고 있을 때 다른 이들 역시 우왕좌왕합니다. 외롭다고 느낄 때면 그 사실을 잊지 마세요. 우리는 혼자가 아닙니다.

FILL YOUR OWN BUCKET

나만의 버킷을 채우세요

—

나의 일상을 내가 책임져야 하는 일들로 이루어진 '버킷'이라고 생각해 보세요. 버킷이 꽉 차 있을 때 우리는 에너지가 넘치고 기분이 좋습니다. 버킷을 가득 채울 수 있는 방법은 많아요. 내 몸 돌보기, 건강한 음식 섭취하기, 충분한 휴식 취하기, 한계 설정하기, 새로운 것 배우기, 창의적인 활동에 참여하기, 사랑하는 사람과 시간 보내기, 좋아하는 일 하기, 나의 가치에 부합하도록 인생 설계하기 등이 있지요. 하지만 때로 내 버킷이 아닌 다른 이들의 버킷을 채우거나 건전하지 못한 일들로 버킷을 고갈시키기도 합니다. 그래도 걱정 마세요. 언제든 원점으로 돌아가 다시 버킷을 채울 수 있으니까요. 우선은 나의 버킷을 채우는 데 전념해 보세요.

살아 있는 모든 것들에게 친절을 베푸세요.

all in.

내 전부를 걸어요.

나만의 길을 가요

—

그 어느 때보다도 개인의 삶이 속속들이 공개되는 시대입니다. 소셜 미디어 덕분에 우리는 다른 사람이 오늘 어떤 하루를 보냈는지, 어떤 성과를 달성했는지 훤히 알게 되었지요. 그 결과 우리는 내 삶이 다른 사람만큼 흥미롭지 않다고, 혹은 내가 하고 있는 일이 별 볼 일 없다고, 내 몸이 그다지 매력적이지 않다고 느끼곤 합니다. 소셜 미디어 속 타인의 모습에 비하면 자신이 형편없게 느껴지는 것이지요. 그러니 소셜 미디어는 반드시 분별력 있게 이용해야 합니다. 나의 여정을 남들과 비교하지 마세요. 내 건강과 발전에 집중하세요. 나만의 길을 만들고 가꿔 나가세요.

BE OPEN

열린 마음을 가져요

—

삶의 모든 경험에 나를 온전히 내던질 때, 잘 풀리지 않을 것 같은 힘든 상황에서도 가능성을 먼저 생각할 때, 우리는 무한히 성장할 수 있으며 무엇이든 해낼 수 있습니다. 어떤 음악이나 예술작품에서 강렬한 느낌을 받은 적이 있나요? 내가 무슨 일을 하고 있는지, 어떠한 결과물을 내놓을지 알 수 없는 상황에서 창의적인 일을 시도해 본 적은요? 그 순간 우리 마음은 활짝 열려 있었을 거예요. 매일 다른 길을 이용해 반려견을 산책시키거나 평소에 듣던 것과 전혀 다른 장르의 음악을 들어 보세요. 이런 단순한 행동만으로도 우리는 새로운 아이디어나 가능성, 새로운 길로 자신을 이끌 수 있습니다.

나를 충족시키는 대상을 찾아요

—

충만한 삶을 살기 위해서는 훈련이 필요합니다. 호기심을 가지고 열린 자세로 다가가야 하지요. 나를 충족시키는 일을 찾아서 그 일에 푹 빠져야 합니다. 어두운 토끼굴에 머리를 처박고 있을 때도 있어야 해요. 때로는 충족감을 안겨 주는 일이 머리를 쓰는 일이 아닐 수도 있습니다. 걷거나 춤추거나 운동하는 것처럼 신체를 움직이는 일에서 만족을 느낄 수도 있어요.

중요한 것은 충분한 시간을 갖고 나를 충족시키는 대상을 찾아야 한다는 거예요. 그런 다음 찾은 것을 내 삶의 영감과 에너지로 사용하는 겁니다. 그러려면 그 대상은 최소한 나를 신나게 만드는 것이어야 합니다.

삶의 의욕을 잃고 싶지 않다면 여유를 가지세요. 휴식을 충분히 취하고 호기심을 잃지 마세요. 책을 읽고 영화를 보세요. 팟캐스트를 듣고 예술작품을 감상하세요. 세상 밖으로 과감히 나아가 도움의 손길을 찾아 보세요. 혁명에 가담하세요. 나만의 이야기를 찾으세요. 무엇이든 나를 충족시키는 대상을 찾으세요.

GIVE
YOURSELF
A HUG ♥

자신을 꼭 안아 주세요.

품위를 잃지 마세요.

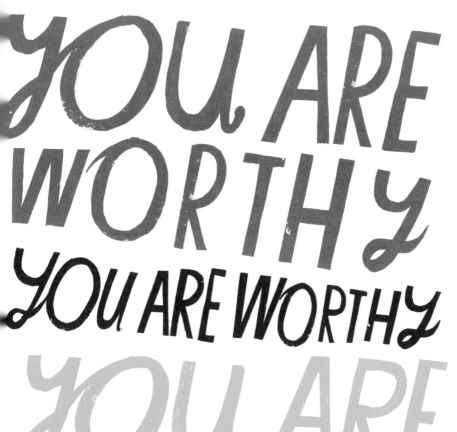

YOU ARE
WORTHY
YOU ARE WORTHY
YOU ARE
WORTHY

있는 그대로의 나로 충분합니다.

OUR FEELINGS AREN'T THE PROBLEM. IT'S OUR RELATIONSHIP TO THEM.

AMBER RAE♥

우리의 감정은 문제가 아닙니다. 문제는 감정과 우리의 관계입니다.   - 앰버 레이

감정은 문제가 아닙니다
문제는 감정과 우리의 관계입니다

—

감정은 늘 우리를 따라다닙니다. 우리는 감정에 압도되거나 감정 때문에 사고가 마비되기도 합니다. 감정에 사로잡혀 훗날 후회할 말들을 내뱉기도 하지요. 이렇게 내가 느끼는 감정을 삶의 경험에 대한 정상적인 반응이라고 생각해 보면 어떨까요? 좋은 감정과 나쁜 감정으로 나누는 대신 무언가를 배울 수 있는 정보로 바라보는 거예요. 자신의 감정을 깊이 들여다본 뒤 나에게 더 필요한 감정과 덜 필요한 감정을 추려 내도 좋습니다. 그러고 난 다음에는 이를 행동으로 보여줘야겠지요. 나 자신과 내가 느끼는 감정을 언제나 따뜻한 눈으로 바라보기는 쉽지 않습니다. 하지만 좋든 나쁘든 내가 느끼는 감정에 관심을 갖고 그 감정이 내게 무엇을 전하려고 하는지 이해하려고 노력한다면, 그것은 통제해야 할 부정적인 힘이 아니라 소중한 도구이자 중요한 정보가 될 것입니다.

불편한 감정도 받아들이세요

—

우리는 매일 다양한 순간에 불편한 감정을 경험합니다. 이를 피할 방법은 별로 없습니다. 누군가 불안하게 만드는 말을 건네거나 친구들과의 대화가 순간 어색해질 때도 있지요. 중요한 일을 해내지 못할 때도 있습니다. 이럴 때 우리는 자연스럽게 거기에서 벗어나려고 애를 씁니다. 음식이나 술에 기대고, 휴대전화 화면을 스크롤하면서 다른 데로 주의를 돌리려고 하지요. 억지로 웃음을 짓거나 온갖 할 일을 만들어 내 아무 일 없는 척 바쁘게 지내기도 하고, 때로는 방어적인 모습을 보이기도 합니다. 그러나 불편한 감정을 무시하면 불안과 강박에 사로잡히게 될 뿐만 아니라 배움과 성장의 기회도 놓치게 됩니다. 불편한 감정을 껴안은 채 어둠 속으로 들어갈 때 비로소 자신과 편안하게 마주할 수 있습니다. "왜 지금 이런 기분이 드는 것일까?" 그리고 "어떻게 해야 나와 타인 모두에게 상처를 주지 않고 이 감정을 이겨낼 수 있을까?"라고 물어보세요. 내 행동이나 선택에 스스로의 발전을 저해하고 고통을 유발하는 특정한 패턴이 있음을 발견하게 될 거예요. 이러한 패턴을 무시하는 대신 의연하게 마주할 때 우리는 이를 바꿀 수 있습니다. 불편한 감정도 편안하게 받아들이세요. 그래야 어둠에서 나와 빛을 향해 걸어갈 수 있어요.

GET
COMFORTABLE
FEELING
UNCOMFORTABLE

YOU HAVE NOT GROW
OLD, AND IT IS NOT TO
LATE TO DIVE INTO
YOUR INCREASING
DEPTHS WHERE LIFE
CALMLY GIVES OUT
ITS OWN SECRET.

RAINER MARIA
▲RILKE▲

우리는 늙지 않았습니다. 깊어가는 지혜를 활용하기에 너무 늦은 나이란 없습니다.
삶이 조용히 건네는 비밀은 바로 거기에 있습니다.   - 라이너 마리아 릴케

매일 조금씩 허락하세요

—

우리는 통제하기를 좋아합니다. 인간의 본성이지요. 그런데 모든 것을 통제하려 애쓰다 보면 에너지가 소진되고 초조해지고 맙니다. 사실 그건 불가능하기 때문입니다. 우리가 받는 스트레스의 상당부분은 내가 원하는 방향으로 일이 진행되기를 바라는 마음에서 옵니다. 정말 지치는 일이지요! 통제의 반대는 허용입니다. 의식적으로 하루에 최소한 한 가지 일을 허용하면 스트레스에서 벗어날 수 있습니다. 이를테면 기대하지 않았던 방향으로 하루를 보내는 거예요. 투 두 리스트의 모든 일을 반드시 전부 해치워야 하는 건 아니잖아요. 혹은 상대가 내가 기대했던 감정이나 반응을 보이지 않더라도 그냥 넘어가는 거예요. 굳이 나서서 고치려고 하지 말아요. 허용을 하려면 어느 정도는 내려놓을 줄 알아야 합니다. 모든 일이 잘 해결될 거라는 믿음도 있어야 하고요. 쉽지 않은 일이지요. 하지만 모든 것을 통제하려는 욕망을 내려놓을 때 평온이 찾아온다는 사실을 잊지 마세요.

초심을 잃지 마세요

—

어떤 일을 하며 어떤 삶을 살든, 초심자의 마음으로 다가갈 때 더 많은 것을 배우고 더욱 창의적인 사고를 할 수 있습니다. 이는 실제 연구 결과입니다. 능숙하게 처리하던 일도 처음 접하는 마음으로 바라보면 지금까지와는 다른 관점과 새로운 가능성의 세계를 발견할 수 있습니다. 초심자의 열린 마음으로 다가가세요. 창의적인 사고가 흘러넘치는 걸 경험하게 될 겁니다.

맞서기 위해서는 내 생각을 우뚝 세워야 합니다.
내 목소리가, 내 생각이, 나 자신이 중요하다는
믿음을 가지세요.   -타니아 카탄

우리 모두의 이야기는 소중합니다

—

우리는 타인과 공유할 만한 이야기가 없다고 생각하며 표현하기를 꺼립니다. 내 경험이나 배경, 살아온 길에 대한 이야기가 창피하거나 별 볼 일 없다고, 너무 따분하고 시시하다고 생각합니다. 하지만 우리 모두에게는 서로 나누고 기릴 만한 이야기가 있습니다. 우리를 인간답게 만들어 주는 건 바로 나만의 이야기이지요. 내가 누구인지, 삶에 무슨 일이 있었는지와 관계없이 내가 보낸 험난한 시간들은 내 이야기에서 가장 설득력 있는 부분입니다. 우리는 불완전한 존재입니다. 하지만 모두 사랑받고 소속감을 느낄 자격이 있는 존재이지요. 타인과 이야기를 나눌 때 우리는 자기애와 연민을 몸소 실천할 수 있게 됩니다. 자신의 약점을 내보이지 않고는 상대와 진정한 소통을 할 수 없습니다. 자신의 이야기를 숨기거나 축소하지 마세요. 내 이야기는 내가 괜찮은 사람이라는 사실을 보여주는 증거이자 구원과 희망, 변화의 증거입니다. 우리 모두의 이야기는 소중합니다.

상대에게 무언가를 기대하지 마세요

—

우리는 종종 "저 사람은 나한테 ○○를 해줘야 해!"라고 말합니다. 상대가 나에게 무언가 빚졌다고 생각하기 때문이지요. 가령 내가 친구의 부탁을 들어줬기 때문에 친구 역시 언젠가 나에게 진 빚을 갚을 거라고 말입니다. 혹은 다른 사람보다 내가 교육 수준이나 지위가 높기 때문에 더 많은 기회와 존경을 누릴 거라고 생각하기도 하지요. 이러한 조건부적인 관점은 잘못된 것입니다. 결국 실망과 분노만 안겨줄 겁니다. 타인이 나를 대하는 방식이나 나에게 느끼는 감정, 나에게 반응하는 방식은 내가 통제할 수 있는 대상이 아니기 때문입니다. 타인에게 특별 대우를 요구해서는 안 됩니다. 사람들이 내 친절에 보답할지, 나를 존중할지, 내가 그들을 얼마나 사랑하는지 알고 있는지 따위에 내 행복을 걸어서는 안 됩니다. 그건 참으로 어리석은 일이에요. 자신의 행복과 완결성은 스스로 책임져야 합니다. 다른 이들이 나에게 갚아야 할 빚이 있다는 생각에 집착하면 결국 실망하게 될 거예요. 반대로 내가 나를 위해 주체적으로 행동하고 내 능력을 온전히 쏟아부을 때 우리는 평온을 누릴 수 있습니다. 잊지 마세요. 나에게 필요한 것은 이미 내 안에 있습니다.

xxxxx	xxxx	xxx	50550

RECEIPT

xxxxx	xxxx	xxx	50550

NO ONE OWES YOU ANYTHING.

xxxxx

삶의 태도를 선택하세요

—

살면서 어떤 시련을 겪게 될지는 아무도 모릅니다. 시련은 내가 선택할 수 없는 것이지요. 하지만 이 시련에 어떻게 맞설지는 선택할 수 있습니다. 배움과 성장, 자기애, 공감, 유머 같은 가치를 선택하세요. 이러한 가치는 어려움을 통과하는 과정에서 우리를 지켜줄 든든한 무기가 될 거예요.

BE KIND; EVERY-ONE YOU MEET IS FIGHTING A HARD BATTLE.

IAN M^CLAREN

친절한 사람이 되세요. 우리가 만나는 이들은 저마다 힘겨운 싸움을 하는 중입니다.   - 이안 맥라렌

부족하지 않은 것으로 충분합니다

—

매번 실망하면서 늘 더 많은 것을, 더 나은 것을, 뭔가 다른 것을 원한다면 멈춰 서서 이렇게 물어보세요. 나는 만족하는가, 이 정도면 적당하지 않은가, 이미 충분히 많은 것을 갖고 있지 않은가? 이러한 마음가짐으로 지금 이 순간 내가 감사하는 것들을 떠올려 보세요. 더 많은 것을, 더 나은 것을, 뭔가 다른 것을 원하는 욕망을 내려놓을 때 내가 이미 누리고 있는 풍요를 바라볼 수 있는 여유가 생깁니다. 그러면 모든 것이 변하게 됩니다. 부족하지 않은 것으로 충분합니다.

ENOUGH IS A FEAST

부족하지 않은 것으로 충분합니다.

BUDDHIST PROVERB

불교 속담

나의 가치를 지키며 살아가요

—

내가 지키고 싶은 삶의 가치를 나열해 보세요. 이제 내가 살면서 내리는 선택들(관계, 일, 습관, 취미)이 이 가치에 부합하는지 살펴보세요. 가치관을 지키며 살 때 우리는 일상적인 활동에 더 큰 동기를 부여받고 연속성을 느끼게 됩니다. 내가 하고 있는 일이나 취미 생활, 우정이 뭔가 삐걱댄다는 생각이 든다면 그것들이 나의 가치, 그러니까 내가 인생에서 가장 소중히 여기는 것들과 일치하지 않기 때문일지도 모릅니다. 우리가 추구하는 가치는 창의성, 고독, 봉사, 활동주의, 충성심, 단순함, 긍정성 등 무수히 많습니다. 이 중 자신의 핵심 가치를 찾아내 몇 가지로 간추려 보세요. 내가 가장 중요하게 생각하는 것들만 뽑아내는 거예요. 이렇게 해 두면 내가 일상에서 내리는 선택이 나의 핵심 가치와 잘 맞는지 언제든 돌아볼 수 있습니다.

WE RISE BY LIFTING OTHERS.

ROBERT INGERSOLL

내가 올라가려면 먼저 다른 이들을 일으켜 세워야 합니다.
- 로버트 잉거솔

계속 나아가세요.

빛이 되세요.

YOU WILL LEAVE A TRAIL OF STARS

우리도 언젠가는 발자취를 남기게 될 거예요.

인용 출처

"나를 조급하고 불안하게 만드는 사람은 곁에 두지 마세요."
 -에밀리 맥도웰.(2018).

"따를 만한 사람을 찾지 못했다면 스스로 길을 만들고 인도해 나가면 됩니다."
 -록산 게이.(2015).《나쁜 페미니스트》

"모두가 해방되어야 진정한 해방이 찾아옵니다."
 -시민운동가 패니 루 해머.
 ("모두가 자유로워져야 진정한 자유가 찾아옵니다"에서 영감을 받음)

"순간을 사랑하세요. 그러면 그 순간의 에너지가 모든 경계 너머로 퍼져나가게
 됩니다."
 -코리타 켄트.(2020). 에스테이트 오브 코리타 켄트 / 이매큘린 하트 커뮤니티.

"무엇이든 연습하면 잘하게 됩니다. 이는 단순하고 보편적인 삶의 법칙입니다."
 -엘리자베스 길버트.(2016).《빅 매직(Big Magic)》. 리버헤드 북스.

"우리의 감정은 문제가 아닙니다. 문제는 감정과 우리의 관계입니다."
 -앰버 레이.(2018).《호기심은 걱정을 이긴다(Choose Wonder over Worry)》.
 세인트 마틴스 에센셜스.

"맞서기 위해서는 내 생각을 우뚝 세워야 합니다. 내 목소리가, 내 생각이,
나 자신이 중요하다는 믿음을 가지세요."

-타니아 카탄. (2019). 《내 안의 창의력을 발산하는 법(Creative Trespassing)》.
랜덤하우스.